Der Mann aus der Zeit

Frank Belknap Long

Writat

Diese Ausgabe erschien im Jahr 2023

- 2 -

ISBN: 9789359254937

Herausgegeben von
Writat
E-Mail: info@writat.com

Nach unseren Informationen ist dieses Buch gemeinfrei.
Dieses Buch ist eine Reproduktion eines wichtigen historischen Werkes. Alpha
Editions verwendet die beste Technologie, um historische Werke in der gleichen
Weise zu reproduzieren, wie sie erstmals veröffentlicht wurden, um ihre
ursprüngliche Natur zu bewahren. Alle sichtbaren Markierungen oder Zahlen
wurden absichtlich belassen, um ihre wahre Form zu bewahren.

DER MANN AUS DER ZEIT

Von Frank Belknap Long

DER MANN AUS DER ZEIT

Von Frank Belknap Long

**Tief in der Zukunft fand er die Antwort auf das uralte
Problem der Menschheit.**

DARING MOONSON wurde er genannt. Es war ein stolzer Name, ein mutiger Name. Aber was nützte ein Name, der wie eine Aufforderung zum Kampf erklang, wenn der Mann, der ihn trug, ihn nicht ohne Angst laut wiederholen konnte?

Moonson hatte versucht, sich einzureden, dass ein Mann die Angst überwinden könnte, wenn er nur einmal den Mut aufbringen könnte, über alle Sünden zu lachen, die es je gegeben hat, und zu tun, was ihm verdammt gut gefiel. Ein alter Satz, der – verdammt noch mal. Es reichte deutlich bis ins elisabethanische Zeitalter zurück, und Moonson hatte versucht, sich einen elisabethanischen Mann vorzustellen, der mit einer Halskrause und einem Degen in der Umklammerung in einer Taverne ausgelassen prügelte.

Im elisabethanischen Zeitalter hatten die Menschen ihre Vorsicht über Bord geworfen und lebten mit ihrem ganzen Körper, nicht nur mit ihrem Geist. Vielleicht tauchten deshalb auch im Jahr 3689 immer noch trotzige Namen auf. Namen wie Independence Forest und Man, Live Forever!

Für einen Mann war es nicht einfach, einem Namen wie Man, Live Forever! gerecht zu werden. Aber Moonson war bereit zu glauben, dass es machbar sei. Es gab etwas in der menschlichen Natur, das einen Mann dazu brachte, seine Vorsicht aufzugeben und zu versuchen, den Ansprüchen gerecht zu werden, die seine Eltern bei der Geburt an ihn gestellt hatten.

Es muss schlimm sein, dachte Moonson . Es muss schlimm sein, wenn ich das Zittern meiner Hände und das Pochen des Blutes an meinen Schläfen nicht kontrollieren kann. Ich bin wie ein Kind, das allein im Dunkeln eingesperrt ist und Ratten hört, die in einem Schrank voller

Spinnweben umherhuschen, und das Klopfen des Blindenstocks auf einer verlassenen Straße um Mitternacht.

Tippen, tippen, tippen – immer näher durch die Dunkelheit. Wie schnell würden die Ratten ausschwärmen, blutbewehrt und völlig bösartig? Wie schnell würde der Stock zuschlagen?

Er blickte schnell auf und suchte mit seinen Augen die Schatten ab. Seit fast einem Monat hatten ihm die glänzenden Feinheiten der Maschine ein vollkommenes Gefühl der Sicherheit gegeben. Als durch die Zeit reisender Gelehrter wurde er von seinen Mitreisenden als ein Mann von großem Mut und fester Entschlossenheit akzeptiert.

Siebenundzwanzig Tage lang hatte ihn eine glatte Oberfläche aus glänzendem Metall eingemauert, die es ihm ermöglichte, sich auf völlig erwachsener Ebene mit der Realität auseinanderzusetzen. Siebenundzwanzig Tage lang war er voller Stolz durch die Zeit gereist und hatte seine kreative Freude daran, zuzusehen, wie sich das Erbe der Menschheit wie ein Kinoskop unter Glas vor ihm abspielte.

Der Blick auf ein grünes Land im sterbenden goldenen Sonnenlicht eines Zeitalters, das der menschlichen Erinnerung verloren gegangen ist, könnte allein durch seine Gelassenheit die Zielstrebigkeit eines Menschen wiederherstellen. Aber selbst ein Zeitalter des Krieges und der Pest konnte hinter den Schutzschilden der Zeitmaschine ohne Qual beobachtet werden. Gefahr, Unfälle, Katastrophe konnten ihn persönlich nicht berühren.

Als Zuschauer in einem reisenden Zeitobservatorium Tod und Zerstörung zu beobachten, war, als würde man einer Kobra zusehen, die bereit ist, hinter einer kristallklaren Glasscheibe in einem zoologischen Garten zuzuschlagen.

Allein der Gedanke: Wie schrecklich wäre es, wenn das Glas nicht da wäre! Was für ein Glück habe ich, am Leben zu sein, mit einem so tödlichen und monströsen Ding in unmittelbarer Nähe von mir!

Seit nunmehr siebenundzwanzig Tagen war er ohne Angst unterwegs. Manchmal bestimmte das Zeitobservatorium ein Zeitalter und schwebte darüber, während seine Gefährten sorgfältige historische Notizen machten. Manchmal kehrte es seinen Kurs um und kreiste um. Ein neues Zeitalter würde unter die Lupe genommen und es würden weitere Notizen gemacht.

Aber etwas Schreckliches, das ihm widerfahren war, hatte in ihm einen einsamen Albtraum der Unruhe geweckt. Kindheitsängste, die er für immer begraben geglaubt hatte, plagten ihn erneut und er hatte plötzlich eine schreckliche Angst vor dem Nebel außerhalb der beweglichen Sichtscheibe entwickelt , vor der Art und Weise, wie sich die Maschine selbst drehte und senkte, wenn eine antike Ruine auf ihn zusauste. Er hatte Angst vor der Zeit entwickelt.

Es gab kein Entkommen aus dieser Zeitangst. In dem Moment, in dem es ihn überkam, verlor er jegliches Interesse an historischen Forschungen. 1069, 732, 2407, 1928 – jedes Datum erschreckte ihn. Die Schwarze Pest in London, das Große Feuer, die spanische Armada in Flammen vor der Küste einer trostlosen kleinen Insel, die bald das Schicksal der halben Welt bestimmen würde – wie bedeutungslos schien ihm das alles im Schatten seiner Angst!

War die Menschheit wirklich so weit fortgeschritten? Die Zeit war besiegt, aber noch war kein Mensch weise genug, sich selbst zu heilen, wenn eine starke, unbegründete Angst von seinem Geist und seinem Herzen Besitz ergriff und ihm keine Ruhe ließ.

Moonson senkte den Blick und sah, dass Rutella ihn wie eine schüchterne Frau beobachtete, die sich nicht zu abrupt in die Gedanken eines Fremden einmischen wollte.

Tief in seinem Inneren wusste er, dass ihm seine eigene Frau fremd geworden war, und die Erkenntnis verstärkte seine Qualen erheblich. Er starrte auf ihren Kopf an seinem Knie, auf ihren schönen Rücken und ihr glattes, dunkles Haar. Sie hatte violette Augen, nicht schwarz, wie sie auf den ersten Blick schienen, sondern ein tiefes, glänzendes Violett.

Plötzlich erinnerte er sich, dass er noch ein junger Mann war, in dem die Begeisterung eines jungen Mannes stark aufstieg. Er beugte sich schnell vor und küsste ihre Lippen und Augen. Dabei schlossen sich ihre Arme fester um ihn, bis er sich fragte, was er hätte tun können, um eine solche Frau zu verdienen.

Sie war ihm noch nie wertvoller vorgekommen und für einen Moment spürte er, wie seine Angst ein wenig nachließ. Aber es kam zurück und war schlimmer als zuvor. Es war, als würde ein alter Schmerz in einem unerwarteten Moment zurückkehren und einen Mann mit der widerlichen Erinnerung daran erschrecken, dass alle Freude ein Ende haben muss.

Seine Entscheidung zum Handeln fiel schnell.

Der erste Schritt war der schwierigste, aber mit einer bewussten Willensanstrengung schaffte er ihn zu seiner Zufriedenheit. Seine geheimen Gedanken begrub er unter einer ständigen geistigen Beschäftigung mit dem Nichtigen und Trivialen. Für den Erfolg seines Plans war es wichtig, dass seine Gefährten keinen Verdacht schöpften.

Der zweite Schritt war weniger schwierig. Die mentale Blockade blieb bestehen und es gelang ihm, die eigentlichen Vorbereitungen für seine Abreise unter völliger Geheimhaltung fortzusetzen.

Der dritte Schritt war der letzte und führte ihn von einem großen zu einem kleinen Abteil, von einer hochgewölbten Metalloberfläche zu einem Labyrinth komplizierter Kontrollmechanismen in einem Raum, der so eng war, dass er sich bücken musste, um präzise arbeiten zu können.

Schnell und kompetent bewegten sich seine Finger über wissenschaftliche Instrumente, die nur ein völlig normaler Mensch zu manipulieren gewusst hätte. Es war ein Härtetest für seinen Verstand, und während er arbeitete, wusste er, dass zumindest sein Denkvermögen nicht beeinträchtigt worden war.

Unter seinen Händen befanden sich die Bedienelemente des Zeitobservatoriums aus massiven Metallschäften. Aber plötzlich, während er arbeitete , stellte er fest, dass er sie als fließende Abstraktionen betrachtete, von denen jede ein Meilenstein auf dem langen Weg des Menschen vom Dschungel zu den Sternen war. Zeit und Raum – Masse und Geschwindigkeit.

Wie unglaublich, dass Jahrhunderte geduldiger technologischer Forschung nötig waren, um die enormen Auswirkungen von Einsteins ursprünglichem Postulat praktisch zu meistern. Verzerren Sie den Raum mit einem sich schnell bewegenden Objekt, entfernen Sie sich mit Lichtgeschwindigkeit vom Beobachter – und die gesamte Menschheitsgeschichte nahm die festen Konturen einer Landschaft im Raum an. Zeit und Raum verschmolzen und wurden eins. Und ein Mann in einem aufwändig ausgestatteten Zeitobservatorium könnte die Vergangenheit genauso leicht wieder aufleben lassen, wie er durch die große Kurve des Universums zum am weitesten entfernten Planeten des am weitesten entfernten Sterns reisen könnte.

Die Kontrollen lagen plötzlich fest in seinen Händen. Er wusste genau, welche Anpassungen er vornehmen musste. Die Iris des menschlichen Auges erweitert und verkleinert sich mit jedem Wechsel der Beleuchtung, und auch das Zeitobservatorium hatte eine Iris. Diese Iris konnte geöffnet werden, ohne seine Gefährten auch nur im Geringsten zu gefährden – wenn er darauf achtete, sie gerade so weit zu erweitern, dass nur ein kräftig gebauter Mann mittlerer Größe hineinpasste.

Während er arbeitete, liefen ihm große Schweißperlen auf die Stirn. Das Licht, das durch die Iris der Maschine fiel, war zunächst schwach, ein kaum weißer Schimmer in tiefer Dunkelheit. Aber als er die Steuerung einstellte, wurde das Licht immer heller und traf ihn, bis er in einem Kreis aus Strahlen kniete, der seine Augen blendete und sein Herz schneller schlagen ließ.

Ich habe zu lange mit Angst gelebt, dachte er. Ich habe wie ein eingesperrter Mann gelebt, abgeschnitten vom Sonnenlicht. Wenn jetzt die Freiheit winkt, muss ich schnell handeln, sonst bin ich machtlos, überhaupt zu handeln.

Er stand aufrecht, machte einen langsamen Schritt vorwärts, die Augen geschlossen. Noch ein Schritt, noch einer – und plötzlich wusste er, dass er sich am Tor zum sicheren Wissen der Zeit befand, in tatsächlichem Kontakt mit der Vergangenheit, denn seine Ohren wurden jetzt von der hohen Verwirrung uralter Geräusche und Stimmen angegriffen!

Er verließ die Zeitmaschine in einem fliegenden Satz, einen Arm vor sein Gesicht gehalten. Er versuchte, seine Augen bedeckt zu halten, als der Boden sich ihm entgegenzuheben schien. Aber er schwankte in qualvoller Unausgeglichenheit und öffnete die Augen – um zu sehen, wie die grüne Oberfläche unter ihm wie ein plötzlich freigelegtes Juwel aufblitzte.

Er blieb gerade lange genug auf den Beinen, um zu sehen, wie sein Zeitobservatorium dunkler wurde und verschwand. Dann gaben seine Knie nach und er brach mit einem verzweifelten Schrei zusammen, als die Angst ihn erfasste ...

Auf dem Feld, auf dem er lag, waren Gänseblümchen, seine Schultern und seine nackte Brust an die Erde gedrückt. Ein sanfter Wind bewegte das Gras, und das flötenartige Trillern eines Singvogels wiederholte sich dicht an seinem Ohr, immer und immer wieder mit unermüdlicher Beharrlichkeit.

Abrupt setzte er sich auf und blickte sich um. Parallel zum Feld verlief eine kurvenreiche Landstraße, auf der ein gelb-silbernes Fahrzeug auf Rädern entlangfuhr, dessen gesamter oberer Teil von Glas umgeben war, das die herbstliche Landschaft mit verblüffender Klarheit widerspiegelte.

Das Fahrzeug hielt direkt vor ihm und ein Mann mit geröteten Wangen und schneeweißen Haaren beugte sich vor und winkte ihm zu.

"Guten Morgen Herr!" schrie der Mann. „Kann ich Sie in die Stadt mitnehmen?"

Moonson erhob sich unsicher, sein Blick war alarmiert und misstrauisch. Ganz vorsichtig senkte er die mentale Barriere und die Gedanken des Mannes drängten sich in verwirrender Verwirrung auf seinen Geist ein.

Er ist sicher kein Bauer ... muss im Bach geschwommen sein, aber die Badehose, die er trägt, ist nicht von dieser Welt!

Huh! Selbst an einem öffentlichen Strand hätte ich nicht den Mut, in solchen Badehosen herumzulaufen. Wahrscheinlich ein Exhibitionist ... Aber warum sollte er sie hier im Wald tragen? Hier gibt es keine Blondinen oder Rothaarigen, die man umhauen könnte!

Huh! Er könnte die Höflichkeit haben, mir zu antworten ... Nun, wenn er nicht in die Stadt mitgenommen werden möchte , geht mich das nichts an!

Moonson stand da und sah zu, wie das Fahrzeug außer Sichtweite verschwand. Offensichtlich hatte er den Mann durch sein Schweigen verärgert, aber er konnte nur mit Kopfschütteln antworten.

Er begann zu gehen und blieb einen Moment in der Mitte der Brücke stehen, um auf einen Wasserstrahl zu starren, der im Sonnenlicht über moosbedeckte Felsen kräuselte. Winzige silberne Fische huschten unter einem tosenden Wasserfall hin und her , und der Anblick beruhigte und beruhigte ihn. Mit erhobenen Schultern ging er weiter …

Es war Mittag, als er die Taverne erreichte. Er ging hinein, sah Männer und Frauen im gedämpften Licht tanzen, und neben der Tür stand ein riesiges, regenbogenfarbenes Musikinstrument, das ihn durch seinen Klang erschreckte. Die Musik war wild, seltsam, ein wenig erschreckend.

Er setzte sich an einen Tisch in der Nähe der Tür und suchte in den Gedanken der Tänzer nach einem Hinweis auf die Bedeutung dessen, was er sah.

Die Gedanken, die ihm kamen, waren für ihn verblüffend primitiv, direkt und manchmal bedeutungslos.

Mach es ruhig, Baby! Schwing es! Klar, wir sind jetzt voll im Trend, aber das merkt man nie! Ich kaufe dir eine Orchidee, Schatz! Keine Rosen, nur eine Orchidee – schwarz wie deine Haare! Hast du jemals eine schwarze Orchidee gesehen, Schatz? Sie sind selten und teuer!

Oh, Liebling , Liebling , halte mich fester! Die Musik geht rund und rund! Bei uns wird es immer so sein, Schatz! Sei niemals ein Quadrat! Das ist alles, worum ich bitte! Sei niemals ein Quadrat! Kuschel dich an mich, lass dich fallen! Wenn du mit einem Mädchen tanzt, solltest du niemals ein anderes Mädchen ansehen! Weißt du das nicht, Johnny?

Klar weiß ich es, Doll! Aber habe ich jemals behauptet, ich sei kein Mensch?

Liebling , Puppe, Puppenbaby! Sehen Sie so aus, wie Sie wollen! Aber wenn du es jemals wagst –

Moonson entspannte sich ein wenig. Tanzen war zu allen Zeiten eng mit dem Liebesspiel verbunden, aber hier wurde es mit einer unbekümmerten Verzückung betrieben, die er als kreativ anregend empfand. Die Leute kamen nicht nur zum Tanzen, sondern auch zum Essen hierher, und die Gedanken der Tänzer ließen vermuten, dass eine Taverne nichts Stilisiertes an sich hatte. Das Ritual war völlig natürlich.

Auf ägyptischen Flachreliefs sah man beim Tanzen das Gegenteil. Jede Bewegung streng vorgeschrieben, die Arme steif gehalten und an den Ellbogen stark angewinkelt. Langsame statt lebhafte Bewegungen, eine Verbeugung und ein Kratzen, während auf Schritt und Tritt Obstschalen als Geschenk dargebracht wurden.

Offensichtlich gab es hier keine thronende Autorität, keinen mit Juwelen geschmückten König, der besänftigen konnte, wenn die Emotionen außer Kontrolle gerieten, sondern völlige Freiheit, Freude mit korybantischer Hingabe zu umarmen.

Ein großer Mann in schlecht sitzender schwarzer Kleidung näherte sich Moonsons Tisch und unterbrach seine Überlegungen mit Gedanken, die offenbar darauf abzielten, ihn zu stören und von seiner reinen Perversität abzulenken. Auch hier waren also Fliegen in jeder Suppe, und kein Traum von Perfektion konnte unangefochten bleiben.

Er saß regungslos da und nahm die Gedanken des Mannes auf.

Was denkt er, ist das ein Badehaus? Mike sagt, es sei in Ordnung, sie zu bedienen, wenn sie so vom Strand kommen, wie sie sind. Aber nur ein schnelles Bier, mehr nicht. So spät in der Saison könnte man meinen, sie hätten den Anstand, sich anzuziehen!

Der im Grab gekleidete Mann bürstete den Tisch mit einem Tuch, das er bei sich trug, und streckte dann seinen Kopf nach vorne wie ein schlecht gelaunter Aasvogel.

„Kann dir nichts anderes als Bier servieren. Befehl des Chefs. Okay?"

Moonson nickte und der Mann ging weg.

Dann wandte er sich der Beobachtung des Mädchens zu. Sie hatte Angst. Sie saß ganz allein da und zupfte nervös an der rot-weiß karierten Tischdecke. Sie saß mit dem Rücken zum Licht da, faltete den Stoff zu kleinen Falten und strich ihn dann wieder glatt.

Sie hatte mit Lippenstift verschmierte Zigaretten ausgestoßen, bis der Aschenbecher überlief.

Moonson begann die Angst in ihrem Kopf zu beobachten ...

Ihre Angst wuchs, als sie dachte, dass Mike nicht für immer verschwunden war. Der Anruf würde nicht lange dauern und er würde jede Minute zurückkommen. Und Mike würde nicht zufrieden sein, bis sie in kleine Stücke zerbrochen wäre. Ja, Mike wollte sie auf den Knien sehen und ihn anflehen, sie zu töten!

Töte mich, aber tue Joe nicht weh! Es war nicht seine Schuld! Er ist noch ein Kind – er ist noch keine zwanzig, Mike!

Das wäre eine Lüge, aber Mike konnte nicht ahnen, dass Joe an seinem nächsten Geburtstag zweiundzwanzig sein würde, obwohl er höchstens wie achtzehn aussah. Mike hatte kein Mitleid, aber würde sein Stolz es ihm erlauben, einen Achtzehnjährigen zu frisieren?

Mike ist es egal! Mike wird ihn sowieso töten! Joe konnte nicht anders, als sich in mich zu verlieben, aber Mike ist es egal, was Joe helfen könnte! Mike war selbst nie jung, nie ein süßer Junge wie Joe!

Mike hat einen Mann getötet, als er vierzehn Jahre alt war! Er verbrachte sieben Jahre in einer Besserungsanstalt und die Kinder dort waren nie jung. Joe wird für Mike nur eines dieser Kinder sein ...

Ihre Angst wuchs immer mehr.

Gegen Männer wie Mike konnte man nicht kämpfen. Mike war in vielerlei Hinsicht stark. Wenn man eine Taverne mit einem Raum im Obergeschoss für besondere Kunden betrieb, musste man hart und stark sein. Du saßst in einem Büro und wenn Leute zu dir kamen und um einen Gefallen bettelten, hast du nur gelacht. Zehn Riesen sind kein Heu, Kumpel! Meine Räder sind nicht manipuliert. Wenn Sie glauben, dass sie es sind, verschwinden Sie . Es ist deine Beerdigung.

„Es ist deine Beerdigung“, sagte Mike und lachte, bis ihm Tränen in die Augen traten.

Gegen diese Stärke konnte man nicht ankämpfen. Mike konnte den Leuten, die ihm Geld schuldeten, seine Fingerknöchel fest ins Gesicht drücken, und er würde nie verhaftet werden.

Mike könnte frisches und neues Geld aus seiner Brieftasche nehmen, es wie einen Fächer ausbreiten und zu jedem Mädchen sagen, das verrückt genug ist, um einen zweiten Blick auf ihn zu werfen: „Ich interessiere mich für dich, Schatz! Mach ihn los und komm vorbei.“ mein Tisch!"

Er konnte Mädchen, die zu anständig und zu selbstbewusst waren, um ihn überhaupt anzusehen, Schlimmeres sagen.

Du könntest so kalt und hart sein, dass dir nichts jemals wehtun könnte. Du könntest Mike Galante sein ...

Wie konnte sie einen solchen Mann lieben? Und zog Joe mit hinein, einen guten Jungen, der in seinem Leben nur einen wirklich schlimmen Fehler gemacht hatte – den Fehler, sie zu bitten, ihn zu heiraten.

Sie zitterte vor Selbsthass und richtete ihren Blick zögernd auf den großen Mann in der Badehose, der allein an der Tür saß.

Für einen Moment begegnete sie den Augen des großen Mannes und ihre Ängste schienen zu verschwinden! Sie starrte ihn an ... sonnenverbrannt, fast schwarz. Muskeln wie ein Rettungsschwimmer. Ganz alleine und nicht auf Anhieb. Als er ihren Blick erwiderte, funkelten seine Augen vor freundlichem Interesse, aber ohne anzügliche, kokette Absicht.

Er war zu robust, um wirklich gutaussehend zu sein, dachte sie, aber er würde auch nicht anfangen müssen, in seiner Brieftasche zu kramen, um ein Mädchen dazu zu bringen, den Tisch zu wechseln.

Schuldbewusst erinnerte sie sich an Joe, jetzt konnte es nur noch Joe sein.

Dann sah sie, wie Joe den Raum betrat. Er war totenbleich und kam zwischen den Tischen direkt auf sie zu. Ohne darüber nachzudenken, ob er am Leben bleiben würde, kam er an einem Mann und einer Frau vorbei, die Mikes Gesellschaft so sehr genossen, dass sie sich für eine tägliche Almosenzahlung unbedingt hässlich benehmen wollten. Sie blickten nicht zu Joe auf, als er vorbeiging, aber die Lippen des Mannes verzogen sich zu einem höhnischen Grinsen, und die Frau flüsterte etwas, das die Bosheit ihres Begleiters zu entfachen schien.

Mike hatte Freunde – Freunde, die ihn niemals verraten würden, solange ihre Polizeiakten in Mikes Safe blieben und sie auf seinen Schutz zählen konnten.

Sie begann aufzustehen, um zu Joe zu gehen und ihn zu warnen, dass Mike zurückkommen würde. Aber Verzweiflung überkam sie und der Impuls erstarb. Die Art und Weise, wie Joe für sie empfand, war zu groß, um aufhören zu können ...

Joe sah sie schlank im Licht, und seine Gedanken waren wie die Meereswelle, wild, widerspenstig.

Vielleicht kriegt Mike mich. Vielleicht bin ich morgen um diese Zeit schon tot. Vielleicht bin ich verrückt, sie so zu lieben, wie ich es tue ...

Ihr Haar wirkte im Licht wie eine gewuselte Masse aus gesponnenem Gold.

Joe zitterte, als er sich auf den Stuhl setzte, den Mike freigelassen hatte, und nach ihren beiden Händen griff.

„Ich nehme dich heute Abend mit", sagte er. "Du kommst mit mir."

Joe hatte Angst, das wusste sie. Aber er wollte nicht, dass sie es erfuhr. Seine Hände waren wie Eis und seine Angst vermischte sich mit ihrer eigenen Angst, als sich ihre Hände trafen.

„Er wird dich töten, Joe! Du musst mich vergessen!" sie schluchzte.

„Ich habe keine Angst vor ihm. Ich bin stärker als du denkst. Er wird es nicht wagen, mit einer Waffe auf mich loszugehen, nicht hier vor all diesen Leuten. Wenn er mit seinen Fäusten auf mich losgeht, werde ich einen festen Haken setzen . " bleibt seinem Kiefer überlassen, der ihn kalt in die Länge ziehen wird!"

Sie wusste, dass er sich nicht selbst täuschte. Joe wollte genauso wenig sterben wie sie.

Der Mann aus der Zeit verspürte den Impuls, aufzustehen, zu den beiden verängstigten Kindern zu gehen und sie mit einem beruhigenden Lächeln zu trösten. Er saß da und beobachtete, wie ihre Angst in turbulenten Wellen in sein Gehirn schlug. Angst in den Köpfen eines Jungen und eines Mädchens, weil sie einander unbedingt wollten!

Er sah sie fest an und seine Augen sprachen zu ihnen ...

Das Leben ist größer als Sie wissen. Wenn Sie durch die Zeit reisen und sehen könnten, wie groß der Mut des Menschen ist – wenn Sie all seine Triumphe über Verzweiflung, Trauer und Schmerz sehen könnten – würden Sie wissen, dass es nichts zu befürchten gibt! Gar nichts!

Joe erhob sich vom Tisch, plötzlich ruhig und still.

„Komm schon", sagte er leise. „Wir kommen jetzt hier raus. Mein Auto steht draußen und wenn Mike versucht, uns aufzuhalten , werde ich ihn reparieren!"

Der Junge und das Mädchen gingen gemeinsam zur Tür, ein junges und äußerst hübsches Mädchen und ein Junge, der plötzlich die volle Statur eines Mannes erlangt hatte.

Mit ziemlichem Bedauern sah Moonson ihnen nach. Als sie die Tür erreichten, drehte sich das Mädchen um und lächelte, und auch der Junge hielt inne – und beide lächelten plötzlich den Mann in der Badehose an.

Dann waren sie weg.

Moonson stand auf, als sie verschwanden, und verließ die Taverne.

Es war dunkel, als er die Hütte erreichte. Er war hundemüde, und als er den sitzenden Mann durch das erleuchtete Fenster sah, überkam ihn ein großes Verlangen nach Gesellschaft.

Er vergaß, dass er nicht mit dem Mann sprechen konnte, vergaß die Sprachschwierigkeiten völlig. Doch bevor ihm dieses unüberwindliche Element in den Sinn kam, war er in der Kabine.

Dort angekommen sah er, dass sich das Problem von selbst löste – der Mann war Schriftsteller und hatte stundenlang ununterbrochen getrunken. Also redete der Mann, ohne eine Antwort zu wollen oder darauf zu warten.

Er war ein junger, gutaussehender Mann mit ergrauenden Schläfen und aufmerksamen Augen. Als er Moonson sah , begann er zu reden.

„Willkommen, Fremder", sagte er. „Ich habe ein Bad im Meer genommen, was? Ich kann nicht sagen, dass es mir so spät in der Saison gefallen würde!"

Moonson hatte zunächst Angst, dass sein Schweigen den Schriftsteller entmutigen könnte, aber er kannte keine Schriftsteller ...

„Es ist gut, jemanden zum Reden zu haben", fuhr der Autor fort. „Ich habe den ganzen Tag hier gesessen und versucht zu schreiben. Ich sage Ihnen etwas, was Sie vielleicht nicht wissen: Sie können in die besten Hotels gehen und eine Kiste nach der anderen mit dem besten Wein öffnen, und Sie können es immer noch nicht Fangen Sie manchmal an.

Das Gesicht des Schriftstellers schien plötzlich zu altern. Angst trat in seine Augen, und er hob die Flasche an seine Lippen und wandte den Blick von seinem Gast ab, während er trank, als schämte er sich jedes Mal, wenn er sich seiner Angst gegenübersah, dafür, was er tun musste, um der Verzweiflung zu entkommen.

Er versuchte, wieder berühmt zu werden. Sein größter Moment hatte Jahre zuvor stattgefunden, als seine goldene Feder eine Generation von Verrückten verherrlicht hatte.

Für einen unsterblichen Moment hatte ihn sein Genie in die Höhe getragen, und ein weißer Strahl der Öffentlichkeit hatte ihm einen Heiligenschein des Ruhms verliehen. Später folgten magere und bittere Jahre, bis schließlich sein Ruf dahinschwand wie eine ausgeweidete Kerze in einem winterlichen Zimmer um Mitternacht.

Er konnte immer noch schreiben, aber jetzt begleiteten ihn Angst und Reue und ließen ihm keine Ruhe. Die meiste Zeit hatte er schreckliche Angst.

Moonson hörte den Gedanken des Schriftstellers in herzzerreißender Stille zu – Gedanken, die so tragisch waren, dass sie nicht mit dem natürlichen und schönen Rhythmus seiner Rede übereinzustimmen schienen. Er hätte nie gedacht, dass ein sensibler und einfallsreicher Mann – ein Künstler – von der Gesellschaft, die sein Genie bereichert hatte, so völlig im Stich gelassen werden könnte.

Der Schriftsteller ging auf und ab und enthüllte seine innersten Gedanken ... Seine Frau war schwer krank und die Zukunft sah völlig düster aus. Wie konnte er die Willenskraft aufbringen, weiterzumachen, geschweige denn zu schreiben?

Er sagte grimmig: „Es ist in Ordnung, wenn du redest –"

Er hielt inne und schien zum ersten Mal zu begreifen, dass der große Mann, der in einem Sessel am Fenster saß, keinen Versuch unternommen hatte, etwas zu sagen.

Es kam ihm unglaublich vor, aber der große Mann hatte in völligem Schweigen zugehört und mit so stiller Sicherheit, dass sein Schweigen eine Beredsamkeit angenommen hatte, die absolutes Vertrauen einflößte.

Er hatte immer gewusst, dass es auf der Welt ein paar solcher Menschen gab, Menschen, deren Mitgefühl und Verständnis man als selbstverständlich ansehen konnte. In solchen Menschen steckte eine Furchtlosigkeit, die sie aus der Masse hervorstechen ließ, wie Steinmarkierungen in einer Wüstenöde, die einem müden Wanderer durch ihre robuste Beständigkeit und ihre die Sonne widerspiegelnde Stärke Sicherheit geben sollten.

Es gab ein paar solcher Menschen auf der Welt, aber manchmal verbrachte man ein Leben lang, ohne einen einzigen Menschen zu treffen. Der große Mann saß da, lächelte ihn an und strahlte ruhig die Gelassenheit eines Menschen aus, der das Leben von seinen verworrenen, unzugänglichen Wurzeln nach außen gesehen hat und aus Erfahrung bezeugt, dass das gesamte Wachstum gesund ist.

Der Schriftsteller hörte plötzlich auf, auf und ab zu gehen, und richtete sich auf. Als er in die Augen des großen Mannes starrte, schienen seine Ängste zu verschwinden. Das Vertrauen kehrte zu ihm zurück wie die Woge des Meeres in großen, leuchtenden Wellen der Kreativität.

Er wusste plötzlich, dass er sich wieder in seiner Arbeit verlieren und die helle, klingende Glocke seines Genies anschlagen konnte, bis ihre goldene Stimme bis in alle Ewigkeit erklang. Er hatte ein weiteres großartiges Buch in sich und es würde jetzt geschrieben werden. Es würde geschrieben werden ...

„Du hast mir geholfen!" er hätte fast geschrien. „Du hast mir mehr geholfen, als du weißt. Ich kann dir gar nicht sagen, wie dankbar ich dir bin. Du weißt nicht, was es bedeutet, vor Angst so gelähmt zu sein, dass man überhaupt nicht schreiben kann!"

Der Mann aus der Zeit schwieg, aber seine Augen leuchteten neugierig.

Der Autor wandte sich an ein Bücherregal und nahm einen Band mit einem verblassten Einband heraus, der einst in Regenbogenfarben geleuchtet hatte. Er setzte sich und schrieb eine Inschrift auf das Vorsatzblatt.

Dann stand er auf und reichte seinem Besucher mit einer leichten Verbeugung das Buch. Er lächelte jetzt.

„Das war mein Erstgeborener!" er sagte.

Der Mann aus der Zeit schaute sich zuerst den Titel an ... DIESE SEITE DES PARADISES .

Dann schlug er das Buch auf und las, was der Autor auf dem Vorsatzblatt geschrieben hatte:

Mit herzlicher Dankbarkeit für den Mut, der die Sonne zurückbrachte.

F. Scott Fitzgerald.

Moonson verneigte sich dankend, drehte sich um und verließ die Kabine.

Am Morgen spazierte er über frische Wiesen, während der Tau auf seinem bloßen Kopf und seinen breiten, geraden Schultern glitzerte.

Sie würden ihn nie finden, sagte er sich hoffnungslos. Sie würden ihn nie finden, weil die Zeit zu groß war, um in einer so großen Zeitverschwendung einen einzigen Mann zu identifizieren. Die hoch aufragenden Kämme jedes Zeitalters waren vielleicht sichtbar, aber es gab keine Rückkehr zu einem winzigen, unbedeutenden Punkt im mächtigen Ozean der Zeit.

Während er ging, suchten seine Augen nach dem Feld und der kurvenreichen Straße, der er in die Stadt gefolgt war. Erst gestern schien ihm dieser Weg zu locken, und er war ihm gefolgt, begierig darauf, ein Zeitalter zu erkunden, das so primitiv war, dass die mentale Kommunikation von Geist zu Geist die menschliche Sprache noch nicht ersetzt hatte.

Jetzt wusste er, dass die Sprachfähigkeit, der die Menschheit längst entwachsen war, nie aufhören würde, als Barriere zwischen ihm und den Männern und Frauen dieser vergangenen Ära zu wirken. Ohne sie konnte er nicht hoffen, hier völliges Verständnis und Mitgefühl zu finden.

Er war immer noch allein und bald würde der Winter kommen und der Himmel kalt und leer werden ...

Die Zeitmaschine materialisierte sich so plötzlich vor ihm, dass sein Verstand sich einen Moment lang weigerte, sie als mehr als eine quälende Illusion zu akzeptieren, die durch die Turbulenzen seiner Gedanken heraufbeschworen wurde. Plötzlich ragte es hell und leuchtend auf seinem Weg auf, und er bewegte sich über das taugetränkte Gras vorwärts, bis er von einer so überwältigenden Freude zurückgehalten wurde, dass es ihm vorkam, als müsse ihm das Herz platzen.

Rutella verließ die Maschine mit einem fröhlichen kleinen Lachen, als wäre sein verblüffter Gesichtsausdruck der amüsanteste auf der Welt.

„Halt still und lass mich dich küssen, Liebling", sagte ihr Verstand zu seinem.

Sie stand auf Zehenspitzen im tauhellen Gras, ihr glattes dunkles Haar fiel ihr bis zu den Schultern, ein außergewöhnlich hübsches Mädchen für die Frau eines so gequälten Mannes.

"Du hast mich gefunden!" seine Gedanken jubelten. „Du bist allein zurückgekommen und hast gesucht, bis du mich gefunden hast!"

Sie nickte, ihre Augen leuchteten. Die Zeit war also doch nicht zu groß, um sie genau zu bestimmen, nicht, wenn zwei Menschen in Geist und Herz so fest miteinander verbunden waren, dass ihre Gedanken eine Brücke über die Zeit schlagen konnten.

„Das Bureau of Emotional Adjustment hat alles analysiert, was ich ihnen erzählt habe. Ihr Psychogramm umfasste siebenundfünfzig Seiten, aber es war Ihre verzweifelte Einsamkeit, die mich zu Ihnen geführt hat."

Sie hob seine Hand an ihre Lippen und küsste sie.

„Siehst du, Liebling, eine zwanghafte Angst ist nicht leicht zu besiegen. Kein Mann und keine Frau kann sie alleine besiegen. Historiker sagen uns, dass die Angst vor dem Weltraum die Menschen auf die gleiche Weise überrascht hat, als die erste Passagierrakete zum Mars startete Angst packte dich. Die Einsamkeit, die völlige Trostlosigkeit des Weltraums war zu viel für einen menschlichen Geist, um ihn zu ertragen.

Sie lächelte ihre Liebe. „Wir gehen zurück. Wir stellen uns der Sache gemeinsam und wir werden sie gemeinsam erobern. Du wirst jetzt nicht allein sein. Liebling, verstehst du nicht – das liegt daran, dass du kein Trottel bist, weil du es bist." sensibel und einfallsreich, dass du Angst verspürst. Es ist nichts, wofür du dich schämen musst. Du warst einfach der erste Mensch auf der Erde, der eine neue und völlig andere Art von Angst entwickelt hat – Zeitangst."

Moonson streckte seine Hand aus und berührte sanft das Haar seiner Frau.

Als er das Zeitobservatorium betrat, kam ihm ungebeten ein Gedanke: *Andere rettete er, sich selbst konnte er nicht retten.*

Aber das stimmte jetzt überhaupt nicht.

Er *konnte* sich jetzt selbst helfen. Er würde nie wieder allein sein! Wenn Selbsterkenntnis von der sicheren Hand der Liebe und des völligen Vertrauens geleitet wird, könnte sie eine leuchtende Waffe sein. Der Rückweg mochte schwierig sein, aber als er die Hand seiner Frau festhielt, verspürte er weder Bedenken noch Angst.

www.ingramcontent.com/pod-product-compliance
Lightning Source LLC
LaVergne TN
LVHW041818190726
843493LV00009B/2952